歌集

月暈と夕虹

奥所 裕敬

砂子屋書房

本歌集は、昨年（二〇二二年）三月から七月にかけて詠んだ短歌三一〇首を編んだものである。昨年一月、私は義妹《いもうと》の突然の訃報に接し、しばらくの間、母猿断腸の思いで過ごしていた。やがて、私の内部に渦巻く巨大な哀惜と喪失の感情を言語化し、相対化しなければ、私に残された持ち時間をそれなりに過ごすことはきわめて困難であると思うに至った。先に記した期間、私はただひたすら三十一文字の中に自らの感慨を投入することによって、かろうじて自分自身を保っていた。

当初、私は短歌を詠みつつ、それらを纏めて短歌集を出版することはまったく考えていなかった。私は日本近代文学を専攻する研究者の端くれに過ぎない。そのような私が、拙い短歌とはいえ、それらを纏めてかたちに残すことを決意したのは、文学に興味・関心を抱いていた義妹《いもうと》へのある種の供養になるのではないか、と思うようになったからである。その過程で、私に深く関わる他の故人についても思いを馳せることになった。さらに、ただ単に故人を偲ぶだけにとどまらず、私自身のこれまでの、そして、今後の考え方、生き方についても思いを巡らすことになった。

惟うに、単なる個人的感慨を表出したに過ぎない短歌集を江湖に送ることは内心忸怩たるものがある。読者の不興を畏れる所以である。今は唯、きわめて個人的な事情を詠んだ短歌の中の、たとえ数首だけでも、普遍性を獲得していると読者が判断されることを切に願うばかりである。

本歌集の構成について触れておきたい。本歌集は、「序文」「師友の肖像」「義妹の深淵」「追憶と哀別」「哀惜と念願」「跋文」から成り立っている。「序文」「跋文」はともかく、各々の項に私の親友、師、学友、義妹《いもうと》、母、それぞれの生と死を詠んだ短歌を配している。生あるものが死を迎えることは必然である。そのため、自ずと死を通した生、生を通した死を詠むことになった。今回、私は、余りにも不幸な出来事とはいえ、決して衰弱や頽廃ではなく、むしろ、確信に満ちた清潔な死に強いられることによって、研究論文とは異なる言語表現を試みることになった。運命《さだめ》という他はない。

著者

*目次

II 義妹の深淵

Ⅲ 追憶と哀別

Ⅳ　哀惜と念願

装本・倉本　修

歌集

月暈と夕虹

腐草に生を享けし身の
月の光に照らされて
もとの草にもかへらずに
たちまち空に帰りけり
——北村透谷「螢」

I　師友の肖像

親友

黒電話座布団被せ音遮断その不自然さ友には必然

部屋の窓佛画で覆い空隙《すきま》なく光遮《さえぎ》り友泰然と

国鉄の新宿駅で別れた夜《よ》あれが最後の別離《わかれ》になるとは

一九七二・六・一六、東京・千代田区大手町

屋上に『アデン アラビア』置いた後僕の親友放物線描く

友の死後彼が住みたるアパートの部屋の前にて自ずと合掌

求むれど親友の死の原因は時間の彼方今なお不可解

高校のクラス同じく君とわれ大学違えど共に上京

わが友と別れてすでに半世紀彼の記憶は学ランのまま

高校のクラスメイトとキャンプ張る羽咋の海で泳いだ記憶微か

左派

一九七二・四、法政大学「社会科学方法論」講義

「わたくしの専門はヤクザな哲学」そのひと言で哲学に傾倒

「平松は多いけれども廣松は少ない」と言う哲学者苦笑い

「現実を切り拓くのは実践」と静かに語ったマルクス主義者

講義後は場所を移して学生に語る師の前の灰皿は山

鮨つまみ酒酌み交わす先生の小指の爪だけ長く延びたり

別れ際先生の腰折る姿僕の頭は膝へと向かう

一九九四・五・二五、東京・港区高輪

高野山その別院に結集した黒い一団焼香を待つ

長身のマルクス主義者横たわる享年六十廣松渉

先　生

雀荘で学生相手に牌ツモる先生の顔喜色満面

新宿の駅の階段昇る途次《とじ》直ぐ目の前に先生の腕時計

先生と数年ぶりの再会に驚くべきはその好々爺

喉元に嵌め込まれたる器具指差して先生笑うも言葉発せず

二〇一三・一〇・一一、東京・中野区江古田

先生の遺影の前で黙禱し初回の講義『老人と海』浮かぶ

先生の遺影に向かい弔辞読む俯く兄妹《きょうだい》往時幼き

わが師乗せ走り出したる霊柩車金木犀の芳香振り切り

師の墓前往時偲んで佇めば折からの雨墓石に黒点打つ

学友

わが友のアパート向かう道すがら練馬のホーム友も来たれり

わが友のアパート行けば三畳間暗き部屋なりわれと同じく

米原で下車した友に目もくれず定刻通り新幹線発《た》つ

須田町の繊維会社の倉庫にて仕分けしたのは半世紀前

アルバイト共にした友先立ちぬあとのひとりは郷里で闘病

二〇二〇・一二・三一、東京・国立

愛煙家亡き友の部屋訪ねればその壁の色黄疸のごとし

亡き友の書棚の本は整然とそこに並ぶはマルクス・レーニン

時代

文字通りわが青春は〈神田川〉月暈《げつうん》見上げ風呂屋へ急ぐ

今は無き学生ホールそこ行けば地下から昇るカレーの匂い

喧噪と煙草の煙りその中で議論したのは『経哲草稿』

飯田橋西口駅舎替われども江戸の石垣往時のままに

われが知る校舎すべてが無くなれど外濠に咲く桜今年も

II　義妹の深淵

散策

子規庵の庭を眺むるわが記憶そこに佇む凜とした君

「さぼうる」の席立ち上がり共に行く君が卒《お》えたる共立女子大

カラヴァッジョ見たその後で「伊豆栄」の鰻を食して君の微笑み

透谷の生誕地示す石柱を君と眺めた日は遙かなり

古書店の棚に向かいてわれに言うその指先に古井由吉

馬場歩き早大キャンパス通り抜け三島所縁《ゆかり》の「金城庵」へ

横　浜

義妹《いもうと》誘い新横浜の駅近くランチしたのは「HANZOYA」閉店

港見ゆ公園傍《そば》の文学館日傘を差して駆けて来る君

外人の墓地を左に元町へ下《くだ》る石段木漏れ日のさざ波

中華街福楼悟空関帝廟君を想いてそれらの場所繋ぐ

浜スタの前に咲きたるチューリップ君と歩いた横浜中区界隈

野毛山のレッサーパンダ見たその日君の瞳は児嬉《じき》ほとばしり

お祓いに出かけた神社深閑と神主の声空気引き裂く

横浜の港の夜景見る君は元気が出ると語った記憶

折節

国立《くにたち》の桜通りに咲く桜元気な頃に君も見た桜

星月夜ソメイヨシノが風に舞う散りゆく先でやがて色褪せ

クックッ　クゥーその鳴き声の方見れば野鳩飛び去り桜花《さくらばな》散る

赤黄色チューリップ咲く花壇にも桜の花びら黒地《くろじ》を覆い

花水木《はなみずき》紅白の花咲き浮かび人の意識は桜を離れ

花筵《はなむしろ》歩を進めつつ君想う黄泉の国でも愛犬抱いて

桜散り躑躅《つつじ》の季節になろうとも僕のこころは冬にとどまる

南向き窓辺に置いたベンジャミン毎日水やりハート現わる

谷保駅のホームに降りた春雀数秒後にはその影もなく

愛犬

散歩する君の傍《そば》にはポメラニアン尾を振りながらトコトコ歩く

愛犬の亡骸ガラケーで撮る君の嗚咽に気づき蘇生を願う

愛犬を亡くした君の部屋の壁その真ん中に「くるみ」ちゃんの写真

愛犬と共に過ごした十余年君幸福な日々もあったのだよ

愛犬を亡くした替わりのダッキーも壊れたことで不安増す君

新しきダッキー持参し声発す歓ぶ君に僕も喜び

父母逝きて愛犬も逝き独り身のこころの器寂しさ溢れ

寓所

西向きの窓から入る秋の陽が君の横顔茜に染めて

義妹《いも》からの電話の声に耳澄ましその変貌にこころ蒼ざめ

持参した弁当開けて義妹《いもうと》囁く「こうしていたら普通なんだけど」

削げ落ちた頬隠すべく髪下ろし蜜柑を剥く指そこに指輪なく

窓際に置かれた鉢の植物は君の願いが叶いて伸びて

義妹《いも》が言う「今度生まれてくる時は海に漂うプランクトンに」

卓上に指だけ這わせ我方にその指握り義妹《いも》の孤独識る

部屋に行き義妹《いもうと》の部屋着に眼を止めて駆け出す先は関内ユニクロ

室内はいつも綺麗に整えり「したくないのよゴミ屋敷には」

義妹《いもうと》の部屋整理整頓塵もなし死する決意の反映だったか

「耳鳴りが止まらないの」と言うやすぐ涙丘から落ちる一粒

「もう行くの」「まだいいけど」と言いつつも帰ったことの後悔常《とこ》しえ

義妹《いもうと》の部屋を辞すとき渡されるおば様へとの季節の果物

別れ際しっかり君を抱きしめて掛けた言葉は「生き抜くんだぞ」

別れても立ち去り難く戻る道両手で包む君の掌《てのひら》

いつまでもマンション前で右手振り別れを惜しむ義妹《いもうと》小さく

地下鉄に向かう階段暗くなり見送る君は光を纏《まと》い

こころ病み他者との繋がり控えて忍び孤独の果てに命燃え尽き

義妹《いもうと》の部屋に置かれたダッキーが彼女の最期見届けたのか

搬出がすべて終わった部屋に立つ真っ白な壁真っ白な床

何もない部屋の窓から光射す君がいた場所フローリングの床

関 内

馬車道の通りが一番お気に入り母子像捉える君の眼差し

わが母のブレスレットを手首に付け朝陽目指して歩く義妹《いもうと》

関内の吉田町にて息絶える生地秋田は雪しんしんと

君送る花束買った花屋の場所は共に歩いた関内マリナード

永訣

これまでに悲嘆絶望数あれどわが義妹《いもうと》の〈事〉ほどはなし

自らの怯懦《きょうだ》殺してロープ持つその勇気あればその勇気があれば

義妹《いも》記す「愚行」の文字のその後に「ごめんなさい」の文字何回も

「くれぐれも」娘を頼む書を残し「愚行」と知りつつ母ひとり旅立つ

その遺書に「愚行」と記し処決するその明晰さ病んではおらず

「さようなら」別離《わかれ》の言葉遺書になしわが義妹《いもうと》は〈抒情〉とも訣別

身をいとう友人たちにさきがけて桜待たずに人知れず逝く

義妹《いも》逝きて放置されたるその期間《あいだ》誰にも知られぬ軀《からだ》哀しき

義妹《いも》逝きて見つかるまでのその期間《あいだ》いったいお前は何をしていた

数々の不運乗り越えその果てに君消え去りぬ虹のごとくに

絶望の臨界が来て自らを傷つけることで死に希望見る

その希望生の輝き捨て去りて成り立つことの哀しきイロニー

わが義妹《いも》の心の底に秘匿した何か激しい克己心崩れ

棺《かん》の中花に覆われ横たわる義妹《いも》凝視《みつ》めつつ霞草置く

死に顔は白き布にて覆われり取ること叶わず右手額に

義妹《いもうと》の顔なき顔を凝視《みつ》めつつ（もう行くのか）と別離《わかれ》の言葉掛け

霊柩車窓の雨滴《うてき》が線となり横に流れて瞬時に消え去り

火葬炉にまもなく入る刻《とき》来《きた》る両手棺に（行くなよ　行くな）

火葬炉に入る棺に名を叫ぶその瞬間に扉閉じゆく

義妹《いもうと》の脆《もろ》き骨見て言葉なく姪とふたりで喉仏拾う

降りしきる雨を潜りて帰路につく車内の僕と姪夫婦沈黙

納骨時骨壺開けて骨摩《さす》る其の物質に宿るか精魂

墓石開けその暗闇にそっと置く白き骨壺父母の間に

「美」に換えて「光」を付けた戒名は「光樹《こうじゅ》」となりて自然に還る

納骨を終えて霊園見渡せば前後左右に墓石延々

生前に母書き留めた葉書あり娘投函七人の友へ

寂寥

義妹《いもうと》の死を悼む言葉が見つからず心虚しく思い巡らす

桜散り欅に緑芽吹くとも変ることなき痛惜の念

義妹《いもうと》の死の原因を帰納的演繹的に思いあぐむ夜は更け

若き日に友が自裁し今度また君亡くなりて哀惜わがこころ覆い

君去りぬ手元に残る言の葉を読むたびごとに寂寥あらたなり

自らの母の享年至りえぬ苦悩を重ね義妹《いもうと》去りぬ

最期には何を思って逝ったのか過去の自分を抱きしめながら

義妹《いもうと》は義妹《いもうと》なりに自らの深淵見つめ自己ねじ伏せり

国立《くにたち》に愛犬連れて来た義妹《いも》よリードの両端この世から消え

比較的整理されたるわが部屋は義妹《いも》の〈事〉以後床に本散乱

その容姿脳裏に浮かべ君偲ぶその声聞こゆ真っ暗な部屋

椎の樹の光を浴びて若葉燃えその葉影にも亡き義妹《いも》を見る

義妹《いも》居れば今宵輝く満月《ピンクムーン》を吉田町から眺めていたはず

今思う義妹《いもうと》に貸したる『補陀落』が彼女旅立つ論拠なりしか

施設

わが義妹《いも》が繰り返して読んだのは〈母〉を描いた『海辺《かいへん》の光景』

義妹《いも》とわれ共に通った義母居る施設壊れた窓に蜘蛛の巣光る

施設出て坂道下《くだ》りバス停へ眼の前の海落ち際の陽抱え

相　縁

義妹《いもうと》の姉とは別離《わかれ》その後もわれと義妹《いも》との縁《えにし》現在《いま》なお

故障したテレビを嘆く義妹《いも》の声われ最新のテレビを贈る

亡き義妹《いも》のテレビ一台車積み知人のカーナビ拙宅目指す

カーナビに従い知人運転す義母終末の病院前通過

見慣れたる病院前を通過して母と娘の縁《えにし》の深さ識る

敬慕

ほんとうの兄のように好きでした義妹《いも》が記した最期の言葉

好きでした大好きでした好きでした遺書の言葉は刃の如し

私には名前に「さん」を付けて言い他では「お兄さん」と呼んだという

親昵

母見舞うその帰り道君と遇い再び向かう母の枕辺

入所する施設に向かう車内でも横たわる母を労《いたわ》る君居り

「座ったわ」と歓ぶ君の声響く　施設に着いた母車椅子に

わが母の命日に届く君の花その優しさよ泉下に届け

白薔薇の切手貼りたる葉書には義妹《いも》わが母との思い出つらね

母の日に届いた葉書その図柄銀河を翔る汽車の光芒

最愛の母を喪いわが姪よ母思慕しつつ今を生き抜け

母の保護無くとも姪よ自らの力頼みて明日へ明日へと

母からの愛を忘れずわが姪よ軀《からだ》いたわり荊棘《けいきょく》の路歩め

Ⅲ　追憶と哀別

追想

モノクロの写真の中の母とぼく一歳頃か母の腕の中

幼き日ぼくの右目の5ミリ上傘で突かれて母驚かす

門口《かどぐち》で母の手握り立つぼくを呼びにきたのは園の先生

幼稚園その園庭に立ち寄りて我が子の様子見て帰る母

浅き川三輪車をば手に持ちて佇むぼくに母の手伸びる

公園も茜に染まり友去りぬぼくの名を呼ぶ母の声迫る

帰省して驚いたのは赤い屋根白く塗られた犬舎母の手作り

愛犬の犬舎造りに励む母図面を書いて廃材利用

愛犬に微笑みながら背を摩《さす》る母の写真は錆びた銀貨に

伴侶逝き忙しき日々過ごそうと母は見に行く佐伯祐三展

一九八九・八・一九、大阪市立美術館

父の死後気丈な母はよく耐えた帰省するたび体軀変われど

一九九五・一・一九、兵庫・尼崎市塚口

震災後母の部屋から西見れば家々の屋根夏の海のブルー

東京で母と暮らして十余年　時に母言う「うちは籠の中のお婆さん」

「人生にはいろんなことがあります」と老いたる母が言ったことあり

骨組みが残っただけのレストランその空白でランチした記憶

国立《くにたち》の駅舎背にして立つ母は写メ撮る間《あいだ》笑みを絶やさず

好物の鰻重届き母が言う「久しぶりやなぁ」その語尾上がる

玄関のポーチの床を掃除する小さな母の背声掛け難き

テーブルに一と引いたる指を見て黙り込む母さわぐわが胸

谷保駅のすぐ目の前の洋菓子店ケーキ眺める母の目線追い

幼き日朝目覚めると枕辺に菓子二つあると語るわが母

母と観たさくら通りの桜の木桜断ち切りベンチを眺め入る

旅寝

年月日不明、長野・軽井沢

旧軽の銀座通りの大坂屋母が凝視《みつ》める木箱をレジへ

わが母と箱根の山に旅に来て鎖骨撫でてはその肩を揉む

二〇〇三・一二・二五—二六、神奈川・箱根

母とゆく大阪神戸淡路島祖母が見た海匂い広がる

二〇〇四・四・二九—五・二、兵庫・洲本

海渡る淡路島から大阪へ嫁いだ祖母は母産みて死す

祖母写るフォトの裏にはっきりと記されてある「木村写真館」

祖母のフォト日傘右手に立つ姿その髪型は二百三高地

写真館時代変われど存続す杖を右手に母カメラ前

洲本市の本町「木村写真館」われ母の肩抱き笑顔の被写体

泡鳴の詩碑の隣に立つ母は杖で支える小柄な軀《からだ》

泡鳴の「故郷の秋」の詩句眺め祖母のふるさとこころに刻む

たわむれに母車椅子に座らせりその現実が来ると思わず

雲丹鮑伊勢海老並ぶ旅の宿窓の外には漁り火の海

バスに乗りふと横見れば白髪の母の頭は窓に傾き

洲本出て海を渡れば三宮祖母のふるさといつかふたたび

織物

一九四九・一の母の歌との対話

「すぎし夢ふたたびきたる良き日あり」若きわが母父への想い詠み

「朝起きて夜寝るまでは女中なり」母二十代の自己表象

「虎年に生まれて虎の様にはたらかん」父を評した母大阪の女《ひと》

「男ならどんな苦労も苦にならん」母のジェンダー時代の表現

介護

介護して初めて識った母の疵「うちには母親の良さが解らへん」

幼き日母が転んで出来た傷現在《いま》も三日月額にかかる

母歩く廊下に認む水滴に　はたと気づいて紙お襁褓《むつ》買いに出る

浴室の鏡に向かいお辞儀する幼き頃に戻るわが母

眼が覚めた母の仕草を観察し　たっぷり重い紙お襁褓《むつ》換え

老いた母白髪伸びて気に掛かり短く切って襟足を剃り

特養の屋上に出て髪切れば母の白髪タンポポの綿毛

わが母の誕生日に持参した胡蝶蘭よ永く永く咲け

いつもより着くのが遅れ足早に居室に向かえば義妹《いもうと》と母の声

惜別

入院し初めて撮ったレントゲン若き日の母の結核の痕映す

迷惑をずいぶん掛けたと母が言うわれに残るは後悔の念

「ありがとうございます」との母の声その現在形が「ました」になった夜

看護師が母の手を持ち離したら　だらりと落ちて「意識がない」と言う

母はあと数十分の命なり日をまたがねば父の祥月命日

それまでの微かな呼吸音が消えわが眼の前で嗚呼母が逝き

二〇一二・二・一六、神奈川・緑区長津田

年隔て父母の命日同じとなれりその偶然を父母の愛と読む

母産んで一週間後に亡くなりぬわが祖母の名は奥所小松だ

枕辺に赤子残して逝く女性《ひと》の動かし難き運命《さだめ》哀しき

わが母を迎えて欲しく祖母のフォト棺の中の母の胸に置く

花々で棺の中を埋め尽くし氷の頬を撫でては摩《さす》る

向こうでは祖母が娘で母が祖母立場替われど母子は母子なり

父部分母すべての骨を骨壺に異なる処理の地域差に困惑

わが母の「一心寺へ納めて下さい」この遺言に背いて十余年

「ただいまぁ」と言う僕に返事なく母亡くなりて十余年の暗闇

「おかえり」の「り」を長く言う母の声現在《いま》なお耳朶を打つ時がある

母の日に真っ赤な花を買い求む母の存在わが脳裏に棲む

夢を見た地下へと続く階段はあったはずだがそこは絶壁

人の世を収める言葉二つあり「御免なさい」と「有難う御座います」

わが母の骨壺カバー摩《さす》り過ぎそのところだけ純白を失い

兄妹

兄妹《きょうだい》に起こる軋轢意地もあり近親ゆえに憎悪深まり

妹と義絶続きて十余年母の入院スマホで告げる

病室に飛び込んで来た妹に「さすがわが娘」母力強く言い

わが母はわれを気遣い妹《いも》の〈事〉語ることなく十余年忍ぶ

Ⅳ　哀惜と念願

悲嘆

姪っ子のメールで知った君の身は「自殺していた」六文字の中

コロナ禍で逢うこと控え日々過ごし君の自死知る一月二十二日

君の死を識った瞬間わが細胞ひとつ残らず砕け散りけり

会ったこと見たこともない医師記す一月三日わが義妹《いも》長逝

義妹《いも》が逝きもう三ヶ月と思えどもまだ三ヶ月と思う四月三日

「もう」「まだ」と思いながらの一ヶ月五月三日も義妹《いも》への祈り

自らの顔に巻きたる包帯に吐息が切れて逝く刹那かな

人が皆新年祝うその時期になぜ君ひとり逝かねばならぬ

好きだった箱根駅伝見終わってテレビを消して立ち上がったのか

痛惜

義妹《いもうと》の死の原因を探れども要因多く胸痛むなり

『杏子』読む君の気持ちの危うさにこころざわめき別の本与う

独りゆえ危機感抱き鍵託すその義妹《いもうと》が先に逝くとは

鍵返す決意揺るがず立ち去る義妹《いもうと》わが手に残る鍵の冷たさ

転校を繰り返したる小中高義妹《いも》の孤独の遠因なりや

義妹《いもうと》を弔う気持ちそのような曇翳《うんえい》の空僕の頭上に

読み了《お》えた私の本を返すというあれが別離《わかれ》を意味していたのか

義妹《いもうと》と話が尽きぬZoomでは躊躇《ためら》いながら「終了」をクリック

亡くなったその年月は解れどもその時刻知るのは君ただひとり

決意する自らの生閉じることそれも投企《アンガージュ》と言っていいのか

君送るその翌日は青空でいつもと変らぬ人の日常

段ボール送る中身は蕎麦に出汁葱に山葵にレトルト食品

何回も送り続けた宅急便そこにはなかった支える言葉

ベランダに放置されたる段ボール義妹《いも》さえ居ればそこにないはず

使用価値　価値も無となり段ボールこころ虚しくゴミ捨て場に置く

無常

遺骨噛み故人を偲び胸熱く涙の糸が顎までつたい

義妹《いもうと》の遺骨入れたるペンダント母の骨壺その傍らに

光射すワクチン打ちに行く途中わがこころにも無常の雨降り込む

朝目覚めカーテン開けて見上げた空にこころの空洞貫く光

亡き義妹《いも》の顔声姿その仕草日を増すごとに鮮やかになり

義妹《いも》の死を包む言葉を探せども『広辞苑』にもあろうはずなく

ガラケーをスマホに換えたその気持ちそこにないはず死への傾斜

人の死を見送る人がいつの日か立場替わるは自然の摂理

限りある生と思えど誰ひとり明日が限りと思う人なし

われ歌に詠み得ぬことも多くあり語れぬところに別の哀しみ

他殺自死事故死に病死　人の死は極言すれば不条理のひと言

思念

二〇〇七・七・七、東京・一橋大学

講演の休憩時間にわれひとり差し出す本にSpivakサイン書き

ジムで会う高齢の女性《ひと》わが母の享年越えて生きること願う

（エアコンを消して寝るなら寒かろう）電気毛布を初冬に贈る

人は皆産まれて生きてそして死ぬ真理を述べた吉本隆明

紅顔を透かせば見える白骨の人の生命《いのち》は永久《とわ》に続かず

「たら」「れば」をいくら言っても始まらぬ時間の非情ただ耐えるのみ

思い出す君と初めて会ったのは姉と一緒の渋谷ハチ公前

義妹《いもうと》の思い出脳裏に浮かんでは惜しみ偲びて哭《な》くわがこころ

人は皆骨と煙りに成り代わり銀河の渦と共に移ろう

記憶する記憶したこと思い出すこの過程《プロセス》にこそ死者甦る

去ってゆくすべての人は消えてゆくこの自明性日頃気づかず

人生は一度きりだと人は言うその人生を生き切る人ありや

カーテンに一匹の蠅止まりおり窓開け放ち行方見守る

義妹《いもうと》の元気な姿夢に出て驚く〈われ〉を意識するじぶん

万感の思いを込めて義妹《いも》に問う死ぬことだけが君の救いか

明け方に微笑む義妹《いも》の夢を見る（よかった元気で）今朝もトースト牛乳

義妹《いも》逝きて半年となる今日三日わが母居れば百寿となる日

義妹《いもうと》は哀苦語らず望み断ち父母待つ処《ところ》ただひとりゆく

義妹《いも》想い思いの丈を吐き出してただひたむきに詠む五月雨《さみだれ》の夜

ハンチングかぶった五歳のぼくに告ぐ（君の人生波乱万丈）

ふと思う墓に納めた骨壺は時に光を渇望しないか

賢治の詩「雨ニモマケズ」知ろうとも大切なのはその言説の実践

生きること生き抜くことの困難は若き日には思いもよらず

繰り返し重き悲劇を詠もうとも1ミリグラムも軽減はせず

夢を見た玄関ドアー　ガラスに変じいたるところに亀裂が入り

人の死をタナトスとして捉えつつひとりひとりの問題を剔《えぐ》れ

わが願い喜怒哀楽のその中で嬉しきことのみ記憶の筐《かたみ》に

夢を見たわが義妹《いもうと》の声姿起きて気づいた月の命日

亡き人の存在永久《とわ》に忘るるな記憶にとどめよわがグリア細胞

西の空綿菓子の雲移ろいて獣《けもの》の立て髪茜に溶け込み

整地後の黒地《くろじ》突き抜け緑成す雑草の空隙《すきま》白き蝶迷い

コロナ禍で延期されたる三浦哲郎《みうらてつお》展君亡き後は僕ひとりゆく

かつて住む義妹《いも》のマンションすぐ隣り僕が向かうは神奈川近代文学館

大阪

母に逢う高まる気持ち「ひかり」をも加速させつつ富士を瞬殺

「自由軒」織田作知るもわが母は苦手なカレー食せず暮らす

母残し飛び乗る「ひかり」走り出す名古屋あたりで気持ち静まり

わが母の遺骨保持して十余年わが歳思うと納骨の時期迫る

二〇二一・七・七、大阪へ

手にしたる「のぞみ」の切符ふと見れば友の命日6号車16E

母と乗る十七年ぶりの新幹線彼女眠るは骨壺の中

往時知る梅田の街は変貌す耳に懐かしふるさとの聲

曾根崎のチェックインした部屋もまた友の機略か616号室

骨　佛

掌《てのひら》の上に乗せたる母の骨彼女支えて九十年

十数万納骨された骨集め骨佛《こつぶつ》にして弔う一心寺

コマ切れに歩く人びと参拝にライブカメラが映す境内

線香の香りを纏《まと》い受付にわが母親の遺骨手離す時

頭《こうべ》垂れ数珠をしっかり握りしめ読経聴き入る一心寺本堂

切望

亡き人の再現願い詠む短歌生命《いのち》を摑む言葉信じて

これからも義妹《いも》の御霊に祈る日々わが生命が尽きる瞬間《とき》まで

これからは奥歯噛みしめ亡き人懐《おも》い人と成るため生きてゆく

われもまた人の子なればその時は母の許へと帰らねばならぬ

跋文

小林秀雄『ドストエフスキイの生活』の序（歴史について）1の冒頭にパスカルの『パンセ』からの言葉が引用されている。その言葉は「最後に、土くれが少しばかり、頭の上にばら撒かれ、凡ては永久に過ぎ去る」というものである。しかし、『パンセ』中公文庫版の前田陽一・由木康訳では、その言葉は「最後の幕は血で汚《けが》される。劇の他の場面がどんなに美しくても同じだ。ついには人々が頭の上に土を投げかけ、それで永久におしまいである」となっている。前田・由木の訳文後半は小林のそれとはニュアンスは異なっているが、パスカルの断片的文章は人間の最後、つまり、死から生を相対化し、人間存在の虚しさを冷徹に把えている。その言説は土葬を想起させるという意味では、人間存在の有限性と自然への回帰を物語っているように思われる。

人は誰しも死から逃れることはできない。そして、人の一回限りの生は、あくまでも個別、具体的である。人はそれぞれの生を、さまざまなかたちで、生き、そして、死んでいく。かつて、拙書「あとがき」に知遇を得て久しい日本近代文学研究者山崎一穎氏の言葉を引用したことがあった。それは「人は人に出会って人と成る」という言葉である。この言葉に「人は人と別れて人と成る」という言葉を追記しておきたい。人生は人との出逢いと別離《わかれ》がすべてであると言っても決して過言ではない。

私にも数多くの人たちとの出逢いと別離《わかれ》があった。「序文」にも記しておいたように、昨年一月、私は辛く哀しい別離《わかれ》を経験した。私にとって、その別離《わかれ》は今までの人生における最大の痛恨事であった。今なお、痛惜の念に堪えない。おそらく、今後もその時に受けた衝撃は、生涯、決して消え去ることはあるまい。

その別離《わかれ》以後、私は言葉にできないほどの巨大な喪失感と深い哀しみを抱きながら、一日一生の思いで生きてきた。「朝《あした》に紅顔あつて世路に誇れども暮《ゆふべ》に白骨となつて郊原に朽ちぬ」（『和漢朗詠集』）という言説が示しているように、生の儚さを身をもって識った。人の生の儚さを思う時、いずれ、私にも「暮《ゆふべ》」は到来する。それまでの間に、私は「人と成る」ため、自らの運命《さだめ》を生きたいと念う。

わが義妹《いもうと》への想いは尽きない。跋文を閉じるにあたり、彼女へのメッセージを誌す。

此の拙き歌集を、わが心友、山本美樹さんに捧げる。美樹ちゃんの霊よ安かれ。

棹尾ながら本歌集が成るにあたり、砂子屋書房代表田村雅之氏のご高配を賜った。記して篤く感謝の意を表する。

奥所 裕敬

二〇二二年一月二三日——故人の誕生日に

奥所　裕敬（おくじょ・ひろたか）【本名　伊藤　博】
一九四九年大阪市生まれ
法政大学大学院人文科学研究科博士課程修了。博士（文学）。
専攻　日本近代文学
著書　『貧困の逆説――葛西善蔵の文学――』（晃洋書房、二〇一一年）
『私小説というレトリック「私」を生きる文学』（鼎書房、二〇一九年）

歌集　月暈《げつうん》と夕虹《ゆうこう》

二〇二二年一月二六日初版発行

著　者　奥所裕敬

発行者　田村雅之

発行所　砂子屋書房
東京都千代田区内神田三―四―七（〒一〇一―〇〇四七）
電話　〇三―三二五六―四七〇八　振替　〇〇一三〇―二―九七六三一
URL http://www.sunagoya.com

組　版　はあどわあく

印　刷　長野印刷商工株式会社

製　本　渋谷文泉閣